Wald der Freundschaft

Daisy Meadows

Die magischen Tierfreunde
Pina Pünktchen kommt in die Zauberschule

Alle Titel von **Die magischen Tierfreunde**:

Band 1: Hasi Hoppel wird vermisst
Band 2: Rettung für Mia Mauseohr
Band 3: Fibi Federchen ganz allein
Band 4: Susi Samtpfote geht verloren
Band 5: Pia Puschel und der geheime Zauber
Band 6: Die furchtlose Penelope Piks
Band 7: Finja Fuchs und die Magie der Sterne
Band 8: Mara Meerschweinchen hilft den Waldtieren
Band 9: Henni Hamster und der Verwechslungszauber
Band 10: Winnie Welpe hat ein glitzerndes Geheimnis
Band 11: Emma Eule und der Zauberbaum
Band 12: Mila Miau und der Glitzerstein
Band 13: Lea Lämmchen und der Freundschaftszauber
Band 14: Fritzi Ferkel und der verlorene Edelstein
Band 15: Pina Pünktchen kommt in die Zauberschule
Band 16: Ria Rehkitz und die verschwundene Karte
Band 17: Kiki Koala und die magische Schule
Band 18: Hanna Honigherz und der Baum der Erinnerung
Band 19: Kira Kuschelfell und das Fest der Freundschaft

Sonderband: Pippa Pony rettet die Einhörner
Sonderband: Paula Pfötchen und das Weihnachtswunder

Daisy Meadows

Die magischen Tierfreunde

Pina Pünktchen kommt in die Zauberschule

Aus dem Englischen übersetzt
von Sandra Margineanu

Band 15

Loewe

Mit besonderem Dank an Conrad Mason

Für Elizabeth Singh, in Liebe

FSC
www.fsc.org
MIX
Papier aus verantwortungsvollen Quellen
FSC® C014496

Klimaneutral
Druckprodukt
ClimatePartner.com/18521-2202-1001

978-3-7432-0767-7
2. Auflage 2022
Erschienen unter dem Originaltitel *Charlotte Waggytail Learns a Lesson*

Erschienen in der Originalserie *Magic Animal Friends*.

Bühlstraße 4, D-95463 Bindlach
Aus dem Englischen übersetzt von Sandra Margineanu
Umschlaggestaltung: Johanna Freter
Printed in the EU

www.loewe-verlag.de

Inhalt

Ein Geheimnis bewahren,
das wirst du bald!
Denn ich erzähle dir
vom verzauberten Wald.
Er liegt hinter der Tür im Eichenbaum.
Folge mir dorthin wie in einen Traum!
Unendliche Abenteuer
werden uns verbinden
und magische Tierfreunde
wirst du dort finden!

Alles Liebe

Goldi, die Katze

Die Schule im Wald

„Die Welpen sind so niedlich“, sagte Jessi Forester. Sie und ihre Freundin, Lili Hart, waren in Lilis Garten. Die Herbstsonne schien ihnen auf den Rücken. Sie saßen in einem Gehege, das von einem Holzzaun umgeben war, und spielten mit drei Welpen. Die Hunde hatten goldenes Fell, Schlappohren und lockige Schwänzchen.

„Jemand hat sie heute Morgen in der Klinik abgegeben“, erzählte Lili.

Lilis Eltern waren Tierärzte und hatten die Scheune in ihrem Garten in die Tierklinik *Helfende Pfote* umgewandelt. Dort behandelten sie verletzte und kranke Tiere. Lili und Jessi verbrachten jede freie Minute bei den Tieren und kümmerten sich rührend um die kleinen und großen Patienten.

Jessi nahm den kleinsten Welpen auf den Arm. Sie musste lachen, als er anfing, an ihren blonden

Haaren zu knabbern. Der Kleine fühlte sich warm und weich an. „Sie sehen sehr ungewöhnlich aus“, meinte sie. „Was für eine Rasse ist das?“

„Ich weiß es nicht.“ Lili blätterte ein Buch auf, das neben ihren Füßen lag. „Ich habe Mama und Papa auch schon gefragt, aber sie wissen es nicht. Deshalb habe ich dieses Buch über Hunderassen in der Bücherei ausgeliehen.“

Sanft setzte Jessi den Welpen im Gras ab und beugte sich über das Buch. „Die Welpen haben flache schwarze Nasen, so wie ein Mops, aber sie haben andere Schlappohren.“ Der Welpe zog an den Schnürsenkeln ihrer Turnschuhe. „He, lass das, du freches Kerlchen“, sagte Jessi schmunzelnd.

Jessi nahm einen Gummiknochen. „Spiel

lieber damit.“ Sie rollte den Knochen quer durch das Gehege. Er blieb neben einer Decke liegen. Da kam plötzlich eine Pfote unter der

Decke zum Vorschein und stupste den Knochen zu Jessis Überraschung zurück zu ihr.

Eine Katze mit glänzendem goldenem Fell kroch unter der Decke hervor. Sie streckte sich und maunzte freundlich.

„Goldi!“, rief Lili.

„Sie will uns mit in den Wald der Freundschaft nehmen“, sagte Jessi strahlend.

Im Wald der Freundschaft lebten die Tiere in hübschen kleinen Häuschen – und sie konnten sprechen! Lili und Jessi liebten es, mit ihrer Freundin Goldi in diese magische Welt zu gehen.

Goldi sprang aus dem Gehege. Lili und Jessi folgten ihr durch die Tür des Zauns und schlossen die Welpen sicher ein.

„Wir sind gleich wieder da“, sagte Lili und

warf ihnen zum Abschied eine Kusshand zu. In der Menschenwelt verging keine Zeit, solange die Mädchen im Wald der Freundschaft waren.

Goldi lief aus dem Garten zum Bach und über die Trittsteine auf die große Wiese am anderen Ufer.

Die Freundinnen folgten ihr zu dem abgestorbenen Baum in der Mitte der Wiese. Als sie näher kamen, erwachte der Baum zum Leben. An jedem Ast schimmerten rote, goldene und braune Blätter. Glänzende grüne Eicheln wuchsen an den Zweigen und Eichhörnchen jagten sich rund um den Stamm. Ein Zwitschern und Trillern lag in der Luft, denn Grünfinken schwirrten durch das sonnendurchflutete Blätterdach des Baumes.

Goldi berührte den Stamm mit ihrer Pfote und ein Schriftzug erschien in der Rinde. Lili und Jessi lächelten sich aufgeregt zu und nahmen sich an der Hand. Dann lasen sie gleichzeitig laut vor: „Wald der Freundschaft!“

Eine Tür erschien im Baumstamm. Jessi drehte am Türknauf. Sie öffnete die Tür und warmes Licht strömte heraus. Beim Betreten des Baums begannen ihre Körper angenehm zu kribbeln. Sie wussten, dass sie nun ein klein wenig schrumpften. Dann verblich das warme Licht und sie fanden sich auf einer Lichtung wieder, die von blühenden Bäumen umgeben war. Es duftete nach Erdbeeren und Sahne.

Goldi stand auf den Hinterbeinen und trug einen glänzenden Schal um den Hals. Sie reichte den Mädchen fast bis zur Schulter und so mussten sie sich kaum bücken, um sie liebevoll zu umarmen.

„Ich freue mich so, dass ihr mitgekommen seid“, sagte die Katze. „Heute ist der erste Schultag in der Wald-Wunder-Schule. Habt ihr Lust, den neuen Schulkindern zu helfen, sich dort einzugewöhnen?“

„Aber ja“, rief Lili begeistert.

„Die Schule haben wir noch nie gesehen“, sagte Jessi.

Goldi führte sie durch den Wald und einen Pfad entlang, an dessen Rand Immergrün und Primeln wuchsen.

Schon bald kamen sie zu einem Schild, das mit Sternen in allen Farben des Regenbogens bemalt war.

„Wald-Wunder-Schule“, las Lili. „Wir sind da!“

Die Mädchen betrachteten das Haus, an dem sich rosa und weiße Kletterrosen emporrankten. Daneben befand sich ein Spielplatz mit Klettergerüst und Hüpfkästchen. Gegenüber stand ein gelbes Gebäude mit Märchenbildern an den Wänden. Das Dach sah aus wie ein großes aufgeklapptes Buch. Über der Tür waren die Ziegelsteine zu Buchstaben geformt. Dort stand: *Willkommen in unserer Bücherei.*

Viele Tierkinder eilten in Richtung Schule und alle trugen bunte Schulranzen oder Büchertaschen.

Ein Hundemädchen kam zu ihnen gelaufen. „Hallo, Goldi", begrüßte es die Katze und hüpfte vor Freude auf und ab. „Und ihr müsst Lili und Jessi sein. Ich habe schon so viel von euch gehört!"

Goldi lächelte. „Das ist Pina Pünktchen. Heute ist ihr erster Schultag."

„Du bist bestimmt sehr aufgeregt", sagte Jessi.

„Das bin ich", erwiderte Pina. „Ich kann es kaum erwarten, Bücher zu lesen und lauter interessante Sachen zu lernen. Aber ich bin auch ein bisschen nervös."

„Es wird dir gefallen, Pina", versicherte Lili. „Die Schule ist toll! Außerdem kommen wir heute auch mit."

In diesem Moment hörten sie hinter sich Zweige und Äste knacken. Die Mädchen drehten sich um und entdeckten einen gelb-grünen Lichtkreis, der durch die Luft schwebte und immer wieder gegen Bäume stieß. Schließlich landete der Kreis direkt vor ihnen. In seinem

Inneren befand sich eine Frau, die die Hände in die Hüften gestemmt hatte.

„Oh nein", stöhnte Jessi. „Das ist Griselda."

Der Lichtkreis explodierte in einer Wolke aus stinkenden Funken und plötzlich stand die schreckliche Hexe vor ihnen. Sie trug ein violettes Kleid und einen schwarzen Umhang, der um sie

herumflatterte. Ihr grünes Haar war verknotet und strubbelig. Die jüngeren Schulkinder drückten sich verängstigt aneinander.

Griselda wollte die Herrscherin über den gesamten Wald der Freundschaft sein. Lili und Jessi hatten ihren Freunden schon oft geholfen, die bösen Pläne der Hexe zu vereiteln, doch Griselda gab nie auf.

„Wir dürfen sie nicht in die Nähe der Schule lassen!“, rief Goldi.

Griseldas böser Plan

Goldi und die Mädchen versperrten Griselda den Weg.

„Schnell, Kinder!“, rief eine sanfte Stimme. „Kommt herein, hier ist es sicher.“

Eine große weiße Gans mit einem viereckigen, flachen schwarzen Hut winkte ihnen von der Tür des Schulhauses zu.

„Lauft zu Professor Weißklug, Kinder!“, rief Goldi und sofort stürmten die Kinder los. „Professor Weißklug ist der Schulleiter“, erklärte sie. „Er beschützt alle Schüler.“

Lili, Jessi und Goldi blieben standhaft und wichen nicht von der Stelle. Mürrisch blickte die Hexe sie an.

„Die Kleinen da interessieren mich überhaupt nicht!“, keifte Griselda. Sie wedelte mit einem schmutzigen Stoffbeutel vor ihren Gesichtern herum. „Das ist mein Hexenbeutel“, erklärte sie den Mädchen und der

Katze. „Ich werde gleich alle Bücher aus der Schulbücherei hineinpacken und dann werde ich ihren fabelhaft guten Inhalt in böse Magie verwandeln.“ Sie warf den Kopf in den Nacken und lachte gemein. „Eine Menge böse Zaubersprüche werde ich dann benutzen können und mit ihrer Hilfe den Wald der Freundschaft in Besitz nehmen.“ Laut lachend stiefelte sie zur Bücherei hinüber.

Lili und Jessi rannten ihr nach, aber bevor sie bei Griselda waren, schoss plötzlich Pina vor und packte mit beiden Vorderpfoten ein Stück des Hexenumhangs.

„Du wirst die Bücher in meiner Schule nicht in die Finger kriegen!“, schrie sie.

„Pina, Vorsicht!“, rief Jessi.

Griselda versuchte ihren Umhang aus Pinas Pfoten zu befreien. „Lass mich los!“ Sie warf Goldi und den Mäd-

chen einen bösen Blick zu. „Und ihr drei kommt keinen Schritt näher, sonst verwandle ich diesen widerwärtigen Welpen in eine Topfpflanze."

Da wurde die Tür der Bücherei geöffnet und ein seltsames Wesen trat heraus. Es sah aus wie eine riesige grüne Raupe mit einer großen runden Brille. An den Händen hatte es weiße Handschuhe. Es trug ein silbernes Buch, das mit glitzernden Schmucksteinchen verziert war. Die Raupe reichte den Mädchen ungefähr bis zu den Knien, doch dann richtete sie sich vor der Hexe hoch auf.

„Professor Schlaubuch weiß, was zu tun ist", sagte Goldi. „Er ist ein Bücherwurm und der Schulbibliothekar."

Der Professor öffnete das Buch und las laut vor:

„Magie, schließ die Tür unserer Bücherei,
schütze sie vor der Hexe Zauberei.
Damit alles so kann bleiben
und unsere Bücher dort in Sicherheit
verweilen.“

Während er sprach, schwebten silbrig schimmernde Buchstaben aus dem Buch. Sie flogen zur Bücherei und verschmolzen mit den Mauern.

„Keiner deiner Zaubersprüche wird mich aufhalten!“, kreischte Griselda.

Sie entriss Pina ihren Umhang und stampfte zur Bücherei. Doch bevor sie sich dem Gebäude noch weiter nähern konnte, ertönte ein Knall und die Hexe flog durch die Luft. Griselda landete auf ihrem Hinterteil, die grünen Haare hingen ihr ins Gesicht.

Lili, Jessi und Goldi brachen in Lachen aus. Auch Pina kicherte.

„Die Bücher sind vor deiner bösartigen Hexerei sicher, Griselda", rief Professor Schlaubuch. „Und nun werde ich weiterlesen." Er wuselte zurück in die Bücherei und schloss die Tür hinter sich.

„Geh zurück in deinen Turm und lass den Wald der Freundschaft in Ruhe", riet Jessi der Hexe.

„Ich bin hier noch nicht fertig", knurrte

Griselda und stampfte mit dem Fuß auf. „Ich habe mir einen wunderbar fiesen Plan ausgedacht. Er ist so gut, dass selbst ihr schrecklichen Gören ihn nicht verhindern könnt."

Sie lachte kreischend und verschwand in einem Schauer aus stinkenden Funken.

Lili und Jessi sahen sich entsetzt an. Was hatte Griselda nur vor? Würden sie die gemeine Hexe auch dieses Mal aufhalten können?

Helfende Hände

Professor Weißklug kam watschelnd auf sie zu und flatterte zur Begrüßung mit seinen Flügeln.

„Vielen Dank, Lili und Jessi“, sagte er. „Danke, Goldi. Ihr habt uns vor Griselda gerettet.“

„Eigentlich verdienen Professor Schlaubuch und Pina den ganzen Dank“, meinte Jessi. „Pina hat sich Griselda in den Weg gestellt.“

Der Schulleiter strahlte das Hundemädchen an. „Willkommen in der Wald-Wunder-Schule, Pina“, sagte er. „Danke, dass du so mutig warst.“

„Ich konnte doch nicht zulassen, dass diese schreckliche Hexe sich unsere Bücher schnappt", erklärte Pina. „Ich liebe Lesen. Ich will alle Bücher in der Bücherei lesen. Durch den Zauberspruch sind sie ja jetzt zum Glück in Sicherheit."

„Das sind sie allerdings", bestätigte Professor Weißklug. „Aber die Ahorn-Klasse braucht unbedingt das Buch *Perfekte Pflanzentränke* für ihre erste Stunde. Deshalb muss es mit ins Gewächshaus, doch außerhalb der Bücherei ist es nicht geschützt." Besorgt blickte er zu den Bäumen, zwischen denen Griselda verschwunden war.

„Ich bin in der Ahorn-Klasse", sagte Pina. „Ich passe auf das Buch auf. Die Hexe wird es nicht in die Finger bekommen."

Sie knurrte kurz und es klang ziemlich gefährlich.

„Wir begleiten dich“, schlug Lili vor. Goldi und Jessi nickten zustimmend.

Der Schulleiter lächelte. „Vielen Dank“, sagte er. „Das ist sehr freundlich von euch.“

Pina lief mit wedelndem Schwänzchen zur Bücherei. Die Mädchen und Goldi folgten ihr hinein und sahen sich neugierig in dem hellen Raum um. Die Regale waren mit Büchern in allen Größen und Formen beladen. Im Sonnenlicht unter den Fenstern standen Sessel mit weichem geblümtem Samtbezug und Sitzkissen lagen daneben. Sie sahen so gemütlich aus, dass Jessi und Lili sich nur mit Mühe davon abhalten konnten, sich mit einem Buch darin niederzulassen.

Professor Schlaubuch stand von seinem Schreibtisch auf und strahlte sie an. „Willkommen in der Bücherei. Es ist so schön, dich wiederzusehen, Goldi."

Goldi stellte ihm Lili, Jessi und Pina vor. Das

Hundemädchen sah sich immer noch staunend um, seine schokoladenbraunen Augen leuchteten vor Begeisterung.

„Du bist also das tapfere Mädchen, das Griselda aufgehalten hat“, sagte Professor Schlaubuch und lächelte Pina freundlich an. „Du hast geholfen, unsere Bücher zu retten.“

„Ich musste einfach“, erklärte Pina. „Bücher sind so wichtig.“

„Professor Weißklug hat uns gebeten, der Ahorn-Klasse das Buch *Perfekte Pflanzentränke* zu bringen“, sagte Goldi.

„Ich hole es euch", erwiderte Professor Schlaubuch. Er nahm ein langes goldenes Lesezeichen von seinem Schreibtisch und ließ es dann wie einen Zauberstab durch die Luft kreisen.

Staunend sahen die Mädchen zu, wie sich ein Buch auf dem obersten Regalbrett plötzlich bewegte und dann in Pinas ausgestreckte Pfoten hinabsegelte.

Die Freundinnen bewunderten den glitzernden grünen Einband, auf dem sich goldene Blumen rankten.

„Perfekte Pflanzentränke", sagte Lili nach einem Blick auf den Titel. Dann stutzte sie überrascht. „Geschrieben von Professor Schlaubuch."

„Professor Schlaubuch hat die meisten Bücher hier geschrieben", erklärte Goldi. „Er ist sehr klug."

Professor Schlaubuchs Wangen röteten sich.

Draußen ertönte ein zartes Klingeln.

Jessi und Lili gingen zur Tür. Die blaue Glockenblume auf dem Schuldach läutete eine hübsche Melodie.

„Ah, die Schulglocke", sagte Professor Schlaubuch.

„Es ist Zeit für die erste Unterrichtsstunde", meinte Goldi.

Lili, Jessi und Pina folgten Goldi einen gewundenen Pfad aus bunten Steinen entlang.

Schließlich kamen sie zu einem großen Glasgebäude zwischen den Bäumen. Als sie das Gewächshaus betraten, atmeten Lili und Jessi den betörenden Duft von Rosmarin und Orangenblüten ein, die in Töpfen neben dem Eingang wuchsen. Die Schüler saßen bereits auf hohen Hockern an einem langen Tisch. Die Tierkinder tuschelten aufgeregt, als sie Lili und Jessi sahen. Mia Mauseohr winkte ihnen freundlich zu.

Auf einer Tafel stand *Willkommen, Frau Rotmohn*, aber nirgendwo war ein Erwachsener zu sehen.

„Frau Rotmohn ist unsere Lehrerin“, erklärte Pina und legte das Buch vorsichtig auf den Tisch. „Ich freue mich schon sehr auf sie. Meine Mama hat gesagt, dass sie auch neu an der Schule ist, so wie wir.“

In diesem Moment öffnete sich die Tür und eine wunderschöne weiße Katze kam herein. Sie hatte tiefblaue Augen, langes weißes Fell – weicher als jedes, das Lili und Jessi je gesehen

hatten – und eine pinke Schleife um den Kopf gebunden.

„Hallo, Ahorn-Klasse“, sagte sie lächelnd,

Willkommen,
Frau Rotmohn

sodass ihre weißen Zähen zu sehen waren. Ihre Stimme war so süß wie Schokoladenkuchen. „Ich freue mich sehr …“ Plötzlich stolperte sie über ein Federmäppchen, das ein Schüler verloren haben musste. Sie fiel hin und stieß dabei die Tafel um. Die Tierkinder schnappten erschrocken nach Luft, als die Tafel gegen ein Regal mit Pflanzen kippte. Das Regal wackelte und die Pflanztöpfe stürzten zu Boden.

„Oh nein“, flüsterte Pina. „Alles in Ordnung?“

Lili und Jessi dachten, die Katze würde sich ärgern, aber stattdessen schüttelte sie sich nur und fing an zu lachen. Da lachten auch die Kinder.

„Ich glaube, das ist eure Lehrerin“, schmunzelte Goldi.

Der hinterhältige Zaubertrank

Lili und Jessi halfen der Katze auf die Beine, während Pina und Goldi schnell aufräumten.

„Oh schusslige Schnurrhaare“, seufzte die Katze. „Es tut mir leid, dass mein Erscheinen so ein Holterdiepolter macht.“

„Wir sind nur froh, dass Sie sich nicht verletzt haben“, sagte Jessi.

„Vielen Dank“, sagte die Katze. „Und jetzt möchte ich mich allen vorstellen.“ Sie lächelte die Klasse strahlend an. „Ich bin Frau Sanftpfötchen. Ich bin hier, weil Frau Rotmohn nicht kommen konnte, die Arme.“

Sie ging zum Lehrerpult. „Fangen wir an!“

Pina nahm das Buch und reichte es der neuen Lehrerin. „Professor Weißklug hat mich gebeten,

dieses Buch für die erste Stunde mitzubringen“, erklärte sie.

„Perfekt“, sagte Frau Sanftpfötchen und strich über die goldenen Blumen auf dem Umschlag. „Wir werden ganz, ganz, ganz viel Spaß haben.“

Die Kinder sahen sich erwartungsvoll und mit glänzenden Augen an, während die Lehrerin durch das Buch blätterte.

„Welchen Trank sollen wir heute machen?“, murmelte sie. Dann tippte sie auf eine Seite und ihre Schnurrhaare zuckten zufrieden. „Ich habe den richtigen gefunden. Den Blumen-schnell-wachs-Trank. Er bringt Blumen schneller zum Blühen.“ Sie lächelte in die Runde. „Er eignet sich hervorragend für besondere Tage, so wie Geburtstage oder Feiertage.“

„Hurra!“, riefen die Schüler.

„Bildet bitte Arbeitsgruppen“, sagte Frau Sanftpfötchen. „Ich schreibe solange die Zutaten an die Tafel.“

Pina drehte sich zu Goldi, Jessi und Lili um. „Wollen wir eine Gruppe sein?“, fragte sie schüchtern.

„Sehr gerne“, antwortete Lili. Jessi und Goldi nickten zustimmend.

Frau Sanftpfötchen schrieb die Zutatenliste mit schnörkeligen Buchstaben an die Tafel und las sie vor. „So, nun sammelt alles zusammen und mischt die Zutaten in einem Krug.“

Alle liefen zu den Regalen weiter hinten im Gewächshaus, um die Zutaten und Krüge zu holen.

„Ich habe Haselnussblätter und Tulpenblüten-

blätter gefunden“, sagte Lili. Ihr Blick wanderte über die beschrifteten Behälter auf dem obersten Regalbrett.

„Und ich habe Silberrinde und Ingwerwurzel“, sagte Pina.

„Ich besorge sieben Walnusshälften voll Regenwasser“, sagte Goldi. Sie ging mit dem Krug zu einem glänzenden Wasserfass in der Ecke.

Frau Sanftpfötchen ging herum und half mal hier und mal da. Plötzlich stolperte sie über ein Stuhlbein und stieß gegen das Wasserfass. Das Wasser spritzte in großen Wogen heraus. „Huch!“, rief die Lehrerin, als sie in einer Pfütze ausrutschte und ein Glas mit Stiefmütterchen-Samen umwarf.

„Ich bin so ein Tollpatsch-Pfötchen!“, schimpfte sie mit sich selbst.

Die Klasse kicherte.

„Jetzt mischt eure Zutaten in den Krügen und rührt gut um“, sagte Frau Sanftpfötchen.

Jeder Gruppe reichte sie einen kleinen pinken Blumentopf mit einer wunderschönen Rose. „So,

und nun gießt euren Trank in den Blumentopf. Aber Vorsicht! Passt alle gut auf, damit euch nichts daneben geht."

Jede Gruppe goss ihre Pflanze. Die Rosen erzitterten kurz und begannen dann zu wachsen.

„Unser Trank wirkt!", quiekte Pina.

Die Rosen wurden größer und größer. Doch dann veränderten sie sich auf einmal. Die grünen Stängel wurden braun und stachlig und die Blüten verwandelten sich in große Dornen.

„Da stimmt was nicht“, sagte Mia Mauseohr.

Die Tierkinder schrien auf, als plötzlich Ranken aus den Stängeln wuchsen und sich um Tische und Stühle ringelten. In kürzester Zeit war die Tafel mit dunklen schleimigen Blättern bedeckt und von den Regalen hing ein Gewirr aus Rankengestrüpp.

„Wie schrecklich!“, rief Penelope Piks, das Igelmädchen.

„Passt auf!“, warnte Jessi.

Ranken schlängelten sich über den Boden und mitten zwischen die verängstigten Tiere. Lili und Jessi versammelten alle um sich, um die Kleinen zu beschützen. Jessi spürte, wie sich eine Ranke um ihren Knöchel wickelte.

„Wir müssen hier raus!“, rief Goldi. Sie rannte zur Tür und öffnete sie.

Lili scheuchte alle schnell nach draußen.

Jessi trat die Ranken beiseite, schnappte sich das Buch und stolperte zur Tür. Doch da wuchsen plötzlich auch Ranken aus dem Buch. „Oh nein!“, rief sie und versuchte verzweifelt, die Ranken abzureißen. „Ich kann sie nicht aufhalten!“

„Es gibt nur eine Person, die schuld an dem hier sein kann“, sagte Lili. „Und das ist Griselda.“

„Aber wie denn?“, fragte Jessi und sah sich um. „Griselda ist doch gar nicht da!“

Auf der Suche nach dem Brunnen

Professor Weißklug kam aus der Schule gewatschelt. Entsetzt riss er die Flügel hoch, als er die schrecklichen Ranken sah, die aus dem Gewächshaus wucherten. Er winkte die verängstigten Kinder zu sich. „Kommt alle mit in den Schulsaal, dort sind wir sicher."

Die Tierkinder gehorchten. Vor Schreck waren ihre Augen weit aufgerissen.

„Ich hole Hilfe, damit das grässliche Gestrüpp nicht unseren geliebten Wald überwuchert!“, rief Frau Sanftpfötchen und lief los.

Jessi hatte Mühe, das Buch in den Händen zu halten, denn immer mehr Ranken wuchsen aus den Seiten.

„Was ist nur mit diesem Buch los?", wollte Lili wissen und kam ihrer Freundin zu Hilfe.

„Wir sollten Professor Schlaubuch fragen", schlug Pina vor.

„Das ist eine gute Idee, Pina", sagte Goldi. „Schließlich hat er es geschrieben."

Sie eilten zur Bücherei.

Professor Schlaubuch sah von dem Pergament auf, das er gerade las.

„Was ist passiert?", fragte er entsetzt, als Jessi und Lili das Buch vor ihn auf den Schreibtisch legten.

Immer mehr Ranken wuchsen aus dem Buch, sie zuckten hin und her, wie Hände, die nach etwas greifen wollten.

„Wir haben den Blumen-schnell-wachs-Trank zubereitet, aber dann ist plötzlich alles schiefgegangen“, erzählte Pina.

Der Bücherwurm schob die schleimigen Blätter zur Seite und öffnete das Buch. „Oh weh! Oh weh!“, klagte er. „Griselda muss die Zutaten verändert haben … von diesem Trank und auch von diesem. Man sollte niemals Tulpenblütenblätter mit Klebknospen mischen, oder Apfelkerne mit Flaummoos." Er kontrollierte alle Seiten. „Alle Rezepte in dem Buch sind von gut in schlecht verwandelt worden."

„Aber wie konnte sie das machen? Griselda hatte doch keinen Zutritt zur Bücherei", staunte Lili.

„Ich weiß es nicht“, sagte Professor Schlaubuch. „Ich muss die Zutatenlisten für die Tränke

neu schreiben, damit sie wieder Gutes bewirken. Dann wird alles wieder ganz normal und wie gewohnt funktionieren.“

Lili und Jessi sahen sich erleichtert an.

Professor Schlaubuch ging schnell zu seinem Schreibtisch und öffnete eine Schublade. Ein Tintenfässchen aus Kristallglas schwebte heraus und landete auf dem Tisch. Eine hellblaue Schreibfeder folgte dem Glas und ließ sich sanft neben der Tinte nieder.

„Schreiben Sie die Bücher mit dieser Tinte?“, fragte Lili staunend.

Professor Schlaubuch lächelte stolz. „Sie ist magisch“, erklärte er. „Seht her.“

Er setzt sich an den Schreibtisch. Der Deckel des Tintenfässchens begann sich von allein aufzuschrauben. Dann erhob sich die Schreibfeder und tippte ihre Spitze in das Glas. Doch als sie wieder auftauchte, erkannten Lili und Jessi sofort, dass etwas nicht in Ordnung war. An der Spitze haftete keine Tinte.

„Oh weh“, klagte Professor Schlaubuch. „Die magische Tinte ist leer. Ohne sie kann ich die Zutaten für die Tränke nicht aufschreiben.“ Er rieb sich besorgt die Hände. „Normalerweise würde ich losgehen und neue holen, aber ich traue mich nicht, die Bücherei zu verlassen.

Griselda könnte meinen Zauberspruch brechen und hier eindringen. Ich muss die Bücher bewachen."

„Kein Problem. Wir können das übernehmen", sagten Lili und Jessi gleichzeitig. Goldi stand neben ihnen – sie würde die Mädchen begleiten.

„Ich fürchte, es ist nicht ganz einfach", sagte Professor Schlaubuch. „Die magische Tinte gibt es nur an einem Ort – dem Funkel-Tintenbrunnen."

„Wo ist er?", fragte Lili.

„Folgt der Spur aus Tintenklecksen durch den Wald", erklärte Professor Schlaubuch. „Das sind Blumen, die wie blaue Tintenkleckse aussehen. Ich hoffe, ihr findet sie zwischen dem schrecklichen Gestrüpp."

„Das werden wir“, sagte Jessi. „Wir kommen so schnell es geht zurück.“

Pina streckte das Kinn hoch. „Ich komme auch mit“, sagte sie tapfer.

Sie trat als Erste aus der Bücherei.

„Oh nein!“, rief sie und deutete mit zitternder Pfote Richtung Wald.

Ein schrecklicher Anblick bot sich ihnen. Die stacheligen Ranken waren aus dem Gewächshaus bis in die Bäume rund um die Schule gewachsen. Dicke, sich windende Ranken krochen über den Boden wie Schlangen und wickelten sich um die Bäume, als wollten sie den ganzen Wald verschlingen.

„Es breitet sich immer weiter aus“, sagte Goldi. „Wir müssen uns beeilen, sonst finden wir die Tintenklecksblumen niemals.“

Angestrengt suchten sie im Gestrüpp um ihre Füße nach den Blumen.

„Da!“, rief Pina und deutete vor sich. Direkt vor ihnen wuchs etwas, das wie ein wunderschöner dunkelblauer Tintenfleck aussah. „Eine Tintenklecksblume!“

Die Blütenblätter waren unterschiedlich groß, damit die Blüte die Form eines Kleckses hatte, und saßen auf einem kurzen blauen Stängel.

„Gut gemacht, Pina“, lobte Goldi sie. „Jetzt müssen wir nur der Spur folgen.“

„Krah! Krah!“ Ein krächzendes Geräusch ließ sie nach oben blicken.

Rund um die Bäume flogen vier seltsame pinke Vögel mit spitzen gebogenen Schnäbeln und langen roten Beinen.

„Das sind junge Flamingos“, stellte Lili fest.

„Ich habe hier noch nie Flamingos gesehen“, sagte Goldi überrascht.

„Wir sind ja auch neu im Wald der Freundschaft!“, krächzte der größte Vogel. Er landete auf einem hohen Ast und begann, mit dem

Schnabel seine Federn zu putzen. „Ich bin Gonzo und ich bin genial."

„Kümmert euch nicht um ihn", rief der zweite Flamingo. „Seht mich an! Ich bin Bingo und ich bin brillant!" Er hielt sich nur mit einem Fuß

fest und schwang sich mehrmals rund um einen Ast, dann machte er einen doppelten Salto und landete neben Gonzo.

Der dritte Vogel landete mit solch einem lauten Kreischen neben ihnen, dass die Mädchen sich die Ohren zuhielten. „Ich bin Banjo und ich bin der Beste!“

„Ich bin Cosmo“, krächzte der vierte Vogel. „Und ich ...!“ Er flatterte schnell im Kreis, dann taumelte er durch die Luft und stieß bei der Landung die anderen beinahe von ihrem Ast.

„Er ist ein Tollpatsch!“, sagte Gonzo verächtlich.

„Könnt ihr uns bitte helfen?“, rief Pina zu ihnen hoch. „Wir suchen nach Tintenklecksblumen. Von oben entdeckt ihr sie vielleicht leichter.“

Zu ihrer Überraschung fingen die vier jungen Vögel an zu lachen. „Har! Har! Har!“ Sie schlugen die Flügel zusammen und sprangen auf ihren dünnen Beinen auf und ab.

„Wir helfen euch nicht!“, rief Banjo krächzend.

„Wir helfen schon jemand anderem“, kreischte Bingo und machte auf dem Ast einen Spagat.

Lili und Jessi bekamen plötzlich Angst. Sie ahnten, was die Flamingos gleich sagen würden.

„Griselda!“, riefen alle vier Vögel gleichzeitig.

Ärger am Funkel-Tintenbrunnen

Goldi, Pina und die Mädchen sahen sich entsetzt an.

„Griselda wird den Wald zerstören!“, schrie Banjo.

„Nicht, wenn wir es verhindern können“, bellte Pina zurück.

„Har! Har! Har!“, lachten die Vögel.

„Gehen wir“, flüsterte Jessi den Freundinnen zu. „Sie sind so sehr mit Lachen beschäftigt, dass sie nicht mitbekommen werden, wohin wir gehen.“

Die Mädchen, Goldi und Pina eilten weiter durch den Wald. Doch die Flamingos folgten ihnen. Die Freundinnen hörten, wie Cosmo im

Flug immer wieder gegen die Ranken stieß. Die Vögel gluckten laut, als Goldis Schwanz an einer Dornenranke hängen blieb und Lili am Bein gekratzt wurde.

„Wir folgen euch überallhin!", kreischte Banjo.

Jessi bat ihre Freundinnen anzuhalten. „So entkommen wir ihnen nie", sagte sie leise. „Lasst uns lieber unter den Ranken hindurchkriechen."

„Gute Idee!“, flüsterte Lili. „Dann können sie uns nicht mehr sehen.“

Sie legten sich flach auf den Boden und krochen durch das Gestrüpp. Die Ranken waren kalt und schleimig, aber die Freundinnen krochen immer weiter. In den Bäumen krächzten die Flamingos verärgert.

„Ich kann sie nirgendwo sehen!“, kreischte Bingo.

„Wir müssen sie finden!“, rief Cosmo. „Sonst wird Griselda böse und stinksauer auf uns!“

Das Geräusch von flatternden Flügeln entfernte sich. Goldi wagte einen Blick durch die dichten Blätter. „Dein Plan hat funktioniert, Jessi“, lobte sie.

„Wir müssen den Brunnen finden, bevor sie zurückkommen“, sagte Lili.

Pina steckte ihre Nase durch das Gebüsch. „Da ist wieder eine Tintenklecksblume“, sagte sie. „Und da noch eine!“

Sie folgten den Blumen und kamen an vielen Häuschen vorbei. Alle Türen und Fenster waren von den Schlingpflanzen überwachsen. Zwischen den Ranken blinzelten hier und da verängstigte Augen aus den Häusern.

„Keine Angst!“, rief Goldi den Tierfamilien zu. „Wir werden den bösen Zauber brechen!“

Endlich kamen sie zu einer Lichtung. In der Mitte stand ein hübscher Brunnen, der aus unterschiedlich großen Steinen gemauert war. Das kleine Dach über der Brunnenöffnung war mit bunten Schreibfedern gedeckt. An einem Seil hing ein silberner Eimer, den man mit einer glänzenden Kurbel den Brunnenschacht hochziehen und runterlassen konnte.

„Der Funkel-Tintenbrunnen“, sagte Jessi. „Wir haben ihn gefunden!“

„Hurra!“, rief Pina und wedelte freudig mit ihrem Schwänzchen.

Lili drehte an der Kurbel. Der Eimer verschwand langsam in der finsteren Tiefe.

Alle lauschten.

Platsch!

„Gleich haben wir die Tinte“, sagte Lili. Sie drehte wieder an der Kurbel, um den Eimer hochzuholen.

„Krah!“ Ein Flamingo flog lautstark durch die Bäume. Blätter segelten zu Boden.

„Hab ich euch!“, krächzte er.

„Oh nein!“, rief Pina. „Da ist Cosmo!“

„Verschwinde!“, schrie Goldi.

„Nö!“, krächzte der Vogel und glättete sein Gefieder.

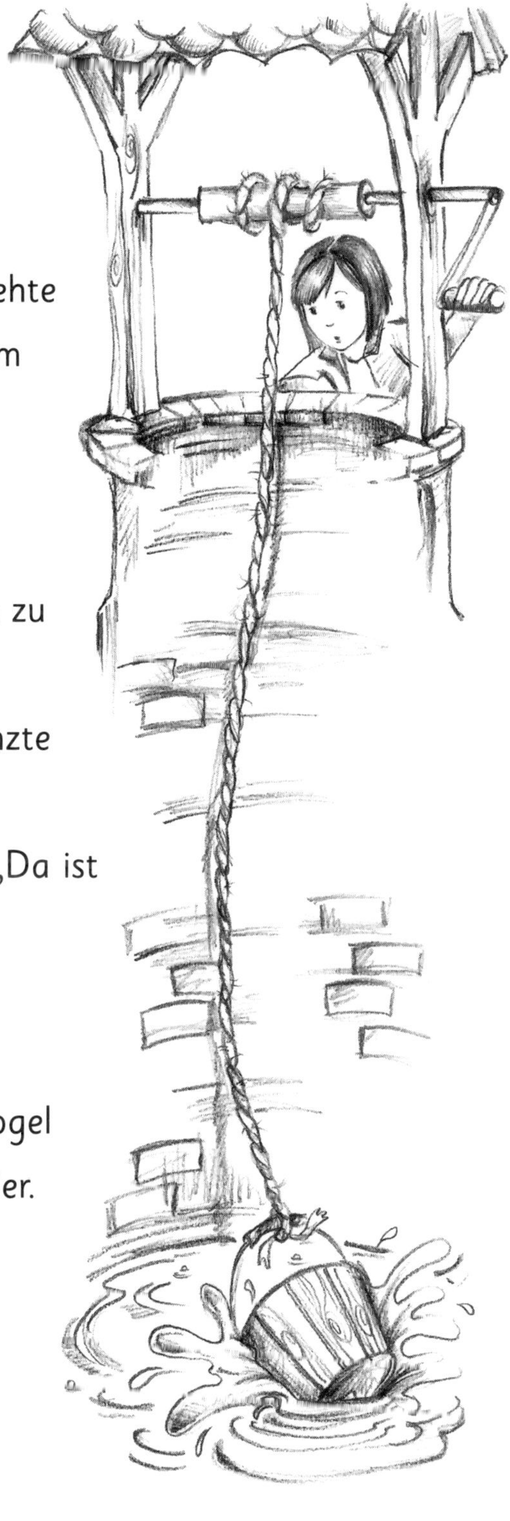

„Ihr bekommt keine Tinte, das könnt ihr vergessen!“ Er hüpfte vom Brunnendach herunter.

Bevor die Mädchen, Goldi oder Pina ihn aufhalten konnten, öffnete er seinen Schnabel und biss das Seil durch.

Einen kurzen Augenblick war es ganz still, dann hörten sie den Eimer in die Tinte eintauchen – tief unten im Brunnen.

Pina, die Retterin

Cosmo hüpfte vor Freude um den Brunnen.

„Im Brunnen bleibt die Tinte, das ist Griseldas Finte. Ihr könnt den Zauber nicht brechen, egal was ihr werdet sprechen“, sang er vor sich hin.

Mit einem lauten Krächzen hob er dann ab und flog taumelnd zwischen den Bäumen davon.

„Was machen wir denn jetzt bloß?“, fragte Pina. Eine Träne rann über ihre Wange.

„Griselda denkt vielleicht, sie hätte uns besiegt“, sagte Lili und umarmte das Hundemädchen tröstend. „Aber wir werden uns etwas einfallen lassen, um die Tinte aus dem Brunnen zu holen.“

„Wir brauchen einen anderen Eimer“, sagte Goldi.

„Und ein neues Seil“, fügte Jessi hinzu.

„Ich hab’s!“, rief Pina und wischte sich die

Augen trocken. „Wir benutzen meine Trinkflasche als Tintenbehälter." Schnell schraubte sie den Deckel auf und schüttete das Wasser aus, das sie eigentlich in der Schulpause hatte trinken wollen.

„Das ist ja super", sagte Jessi. „Tolle Idee."

Lili rannte zurück ins Dickicht und kam mit einer langen Ranke wieder. „Die können wir als Seil verwenden."

„Das ist sehr gut, Lili", meinte Goldi.

Lili knotete die Ranke fest um Pinas Flasche und Jessi ließ sie dann in den Brunnen hinab.

„Sie ist in der Tinte gelandet", sagte sie nach einem Augenblick. „Die Flasche ist schwerer geworden." Dann zog sie die Ranke wieder hoch.

Schließlich tauchte die Flasche aus dem Brunnen auf. Sie war bis zum Rand mit dunkelblauer

Tinte gefüllt, die im Sonnenlicht funkelte. Glücklich lächelten die Freundinnen sich an.

„Wir haben es geschafft!“, rief Jessi.

„Vielen Dank, Pina“, sagte Goldi.

Pina wedelte mit dem Schwanz und nahm die Trinkflasche, um schnell den Deckel daraufzuschrauben. Dann befestigte sie die Flasche wieder an ihrem Tragegurt.

Auf dem Rückweg krochen sie zur Sicherheit erneut unter dem Gestrüpp hindurch. Bald schon waren sie zurück an der Wald-Wunder-Schule. Doch sie trauten ihren Augen kaum.

Von der Schule mit dem hübschen Strohdach und den schönen Rosen war nichts mehr zu sehen. Alle Gebäude waren mit Griseldas verzauberten Ranken überwuchert. Die Bücherei war unter dem stacheligen Gestrüpp fast nicht mehr zu erkennen.

„Wir müssen Professor Schlaubuch ganz schnell die Tinte bringen“, sagte Jessi.

„Aber wo ist die Tür?“, fragte Goldi verzweifelt.

Sie rannten zur Bücherei und versuchten, die

Schlingpflanzen vor der Tür wegzuzerren. Für Lili fühlte es sich an, als würde sie an ganz besonders schweren Vorhängen ziehen. Sie zog mit aller Kraft, aber sie konnte die Ranken nur ein kleines Stück zur Seite schieben. Doch das reichte, um die Tür zu berühren. Sie tastete nach dem Türgriff und ihre Finger fanden ihn schließlich. Lili drückte die Klinke hinunter und zog die Tür mit einem kräftigen Ruck auf.

In der Bücherei war es dunkel. Die Ranken bedeckten auch die Fenster und ließen nur schwaches, grün gefärbtes Licht herein.

„Professor Schlaubuch, wo sind Sie?“, rief Lili besorgt.

„Ich bin hier!“, ertönte seine Stimme. Jessi und Lili sahen sich suchend nach dem Bücherwurm um. Dann entdeckten sie ihn an seinem Schreibtisch. Er hatte bereits die Schreibfeder in der Hand und vor ihm lag das Buch *Perfekte Pflanzentränke.* Noch immer ringelten sich Schlingpflanzen aus dem Buch und rankten sich um den Schreibtisch.

„Wir haben die Tinte!“, sagte Pina und rannte mit ihrer Flasche zu ihm.

„Ich wusste, dass ich mich auf euch verlassen kann“, sagte der Professor. Er nahm sein gläsernes Tintenfässchen und schraubte den silbernen Deckel ab. „Schüttet sie hier hinein, bitte, und dann geht es los.“

Lili hielt das Kristallglas fest, während Jessi die Tinte vorsichtig hineingoss. Sie funkelte wie die Oberfläche eines stillen Sees. Schnell war das Glas mit dunkelblauer Tinte gefüllt. Professor Schlaubuch rührte sie mit seiner Schreibfeder um, bis eine kleine Rauchwolke aus dem Glas aufstieg.

„So“, meinte er schließlich. „Fertig.“

Doch genau in diesem Augenblick öffnete jemand die Tür.

„Krah!“

Alle drehten sich um. Cosmo flatterte he-

rein und flog direkt zu Professor Schlaubuchs Schreibtisch.

„Ihr habt wohl gedacht, ihr hättet Griselda besiegt, was?“, krächzte er. „Tja, das habt ihr nicht. Der Zauber verbannt nur Hexen aus der Bücherei. Flamingos kann er nicht aufhalten!" Er flog quer durch den Raum und warf Bücher von den Regalen. „Bücher sind doof und langweilig!"

„Oh nein!", stöhnte Lili. „Wie soll Professor Schlaubuch in Ruhe die Rezepte neu schreiben, wenn Cosmo hier ist?"

Sie starrte Jessi und Goldi an. Die beiden machten ebenso besorgte Gesichter wie sie selbst.

Aber Pina lächelte. „Ich habe eine Idee", sagte sie.

Eine großartige Idee

„Cosmo!“, rief Pina laut.

Cosmo krächzte überrascht. „Was willst du?“, fragte er unfreundlich.

„Ich kann dir zeigen, wie du fliegen kannst, ohne irgendwo anzustoßen“, antwortete Pina.

Cosmo streckte seinen krummen Schnabel vor und blinzelte Pina aus nächster Nähe an. „Wie denn?“, fragte er. „Du bist doch kein Flamingo. Du hast noch nicht mal Flügel.“

Aber Pina zuckte nicht zurück. „Ich bin mir sicher, dass es hier in der Bücherei ein Buch gibt, in dem erklärt wird, wie du geradeaus fliegen kannst“, antwortete sie.

Cosmo klappte vor Überraschung der Schnabel auf. „Wirklich?“, krächzte er.

„Natürlich“, sagte Pina. „Mit der Hilfe von Büchern kann man alles lernen.“

„Pina hat recht“, stimmte Professor Schlaubuch ihr zu. Er reichte ihr das goldene Lesezeichen. „Benutze das, dann findest du das richtige Buch.“

Pinas Schwänzchen wedelte vor Begeisterung, als sie das Lesezeichen durch die Luft kreisen ließ. Auf einem Regal drängelte sich ein Buch

nach vorn. Dann hob es ab und segelte direkt in Pinas Pfoten. Sie blätterte zur richtigen Seite und zeigte sie Cosmo.

Cosmo versenkte seinen Schnabel ins Buch. Er las und sprach dabei die Worte lautlos mit. „Ich muss meine Schwanzfedern benutzen“, erklärte er. „Hoch, runter, links, rechts.“

Seine Stirn war vor Konzentration gerunzelt,

als er schließlich in die Luft abhob und durch den Raum flog. Lili und Jessi beobachteten, wie er seine Schwanzfedern bewegte: hoch und runter, links und rechts. Er landete, ohne zu stolpern.

„Krah!", krächzte er begeistert. „Ich habe es geschafft! Bücher sind doch nicht doof!"

Pina warf Cosmo ein strahlendes Lächeln zu.

Cosmo scharrte mit den Füßen und sah verlegen zu Boden. „Tut mir leid, dass ich Griselda geholfen habe“, murmelte er. „Und tut mir leid, dass ich die Bücher runtergeworfen habe. Ich wusste nicht, dass sie so nützlich sind.“

„Würdest du gerne noch mehr über das Fliegen lernen?“, fragte Pina.

Cosmos Augen blitzten auf. „Ja, bitte!“, krächzte er.

„Dann leihe dir doch das Buch aus.“ Professor Schlaubuch nahm den Stempel mit dem Ausleihdatum und stempelte auf den Zettel auf der ersten Seite. „Du kannst es mitnehmen“, sagte er zu dem Flamingo. „Vergiss nur nicht, es in zwei Wochen wieder zurückzubringen.“

„Werde ich nicht“, erklärte Cosmo. „Versprochen.“ Er betrachtete die Regale mit den vielen

Büchern. „Darf ich mir dann ein anderes Buch ausleihen?“

„Aber natürlich darfst du das“, sagte Professor Schlaubuch. Er gab Cosmo eine pinkfarbene Karte. „Das ist dein Leseausweis. Bringe ihn mit, wenn du wiederkommst. Wir freuen uns auf dich.“

Cosmo freute sich so sehr, dass er einen Purzelbaum machen wollte, doch es klappte nicht. Er rappelte sich auf, nahm das Buch und hüpfte auf einem Bein zur Tür.

„Vielen Dank!“, krächzte er.

Er hob ab. Im Wegfliegen hörten sie ihn noch immer murmeln: „Hoch, runter, links, rechts.“

Lili und Jessi gaben Pina einen dicken Kuss.

„Gut gemacht, Pina“, lobte Professor Schlaubuch.

„Ich habe doch gar nicht viel getan", sagte das Hundemädchen bescheiden. „Ich wusste nur, dass es für jeden das passende Buch gibt."

„Jetzt müssen wir aber endlich mit den Rezepten weitermachen", sagte Goldi.

Jessi wischte die umgekippte Tinte vom Schreibtisch und Lili füllte das Kristallglas noch einmal mit Tinte aus Pinas Trinkflasche auf. Professor Schlaubuch setzte sich an den Tisch und breitete das Buch vor sich aus. Einen Moment lang tanzte die Schreibfeder in der Luft, dann tauchte sie in die Tinte und huschte anschließend über die Seiten. Sie bewegte sich so rasend schnell, dass sie nur noch unscharf zu erkennen war. Die falschen, schlechten Zutaten für die Tränke verblassten und die richtigen erschienen an ihrer Stelle.

Schon war die Schreibfeder fertig und schwebte sacht auf den Schreibtisch nieder. Es blitzte kurz hell auf, dann waren die Schlingpflanzen aus dem Buch verschwunden. Der glänzende grüne Umschlag und die goldenen Blumen waren wieder zu sehen.

Licht strömte durch die Fenster in die Bücherei, als die Ranken vor dem Haus ebenfalls verschwanden.

Professor Schlaubuch rieb sich vergnügt die Hände. „So, das hätten wir."

Sie traten gemeinsam aus der Bücherei. Griseldas böse Ranken und Schlingpflanzen zogen sich von der Schule und aus dem Wald zurück. Schon nach kurzer Zeit waren sie nur noch kleine schleimige Flecken, die sich sodann in grünen Rauch auflösten.

„Die Schule sieht wieder wie gewohnt aus", sagte Goldi.

„Und der Wald ist noch schöner als zuvor", meinte Lili.

Hinter ihnen brach Jubel aus. Professor Weißklug und die Tierkinder rannten freudig rufend aus der Schule und bildeten einen Ring um Pina, Goldi und die Mädchen. Vor Freude und Erleichterung stimmten sie ein Lied an und tanzten im Kreis.

„Wie können wir euch nur danken?“, fragte der Schulleiter. „Ihr habt die Schule gerettet und den Wald der Freundschaft ebenfalls.“

Frau Sanftpfötchen stürzte auf sie zu. Mit weit aufgerissenen Augen lief sie durch die Tanzenden. „Ihr habt den Zauber gebrochen“, sagte sie. „Wie habt ihr das geschafft?“

„Das war Pina mit ihren Büchern“, sagte Jessi stolz.

„Lili, Jessi und Goldi haben auch geholfen“, erzählte Pina.

„Du hast dir eine Belohnung verdient, Pina“, sagte Professor Weißklug.

„Ich weiß auch schon, welche“, meinte

Professor Schlaubuch. „Ich ernenne dich zu meiner Bücherei-Gehilfin." Er reichte Pina einen Anstecker, auf dem in goldenen Buchstaben *Bücherei-Gehilfin* stand.

„Vielen Dank!" Das Hundemädchen strahlte vor Stolz und machte den Anstecker an ihrem Tragegurt fest.

„Bei meinen Schnurrhaaren", sagte Frau Sanftpfötchen zu den Mädchen. „Es muss sehr schwierig gewesen sein, Griseldas Plan zu durchkreuzen."

„Wir halten Griselda immer auf", erklärte Jessi.

„Wir müssen jetzt gehen, Pina", sagte Lili. „Viel Spaß mit den Büchern!"

„Den werde ich haben und beim Lesen auch!", erwiderte Pina mit strahlenden Augen.

Die Mädchen knieten sich hin und umarmten sie zum Abschied. Dann winkten sie Professor Weißklug, Professor Schlaubuch, Frau Sanftpfötchen und den Tierkindern zu.

Goldi begleitete sie zum Baum der Freundschaft. Sie kamen an Sternblumenbüschen und Rosen vorbei, die die Luft mit süßem Duft erfüllten. Goldi klopfte an den Baumstamm und die magische Tür erschien, aus der goldenes Licht strömte.

Die Mädchen gingen durch den Baum zurück auf die große Wiese in ihrer Welt.

„Was für ein Abenteuer", sagte Lili.

„Ja", stimmte Jessi ihr zu. „Lass uns jetzt zu den drei kleinen Welpen zurückgehen."

Die Mädchen überquerten den Bach und liefen zu dem Gehege in Lilis Garten. Zwei Welpen

spielten im Gras und schnappten einander nach den Ohren. Das dritte Hündchen schnüffelte an Lilis Buch aus der Bücherei. Lili hob das Buch auf, in dem sie vorhin geblättert hatte. „Schau mal, es ist auf einer Seite aufgeschlagen, auf der ein Bild von Welpen wie unseren zu sehen ist“, sagte sie erstaunt. „Sie sind Puggles – eine Kreuzung zwischen Mops und Beagle.“

„Was für ein schlaues Hündchen du bist. Du hast die richtige Seite gefunden“, sagte Jessi und streichelte dem Welpen über den Kopf.

Lili und Jessi lächelten sich an. Sie kannten noch ein besonderes Hündchen, das seine Nase gerne in Bücher steckte.

Tierinfos von Lili und Jessi

Lili und Jessi helfen kleinen und großen Tieren für ihr Leben gern – im Wald der Freundschaft und in der echten Welt.

Hier sind einige wichtige Fakten über …

HUNDE

wie Pina Pünktchen

Hunde und Menschen haben eine enge Beziehung, deshalb werden Hunde manchmal auch „der beste Freund des Menschen“ genannt.

Manche Hunde machen bei Geschicklichkeitswettbewerben oder Gehorsamsprüfungen mit, andere bei Hunderennen oder Schlittenrennen.

Hunde können viermal besser hören als Menschen.

Hunde sind Allesfresser, sie fressen Gemüse und Fleisch.

Hunde sind nicht farbenblind. Sie können Farben erkennen, allerdings nicht so gut wie Menschen.

Band 1
978-3-7855-8785-0

Band 2
978-3-7855-8786-7

Band 3
978-3-7855-8787-4

Band 4
978-3-7855-8788-1

Band 5
978-3-7855-8789-8

Band 6
978-3-7855-8790-4

Band 7
978-3-7432-0150-7

Band 8
978-3-7432-0151-4

Band 9
978-3-7432-0359-4

Loewe
Das will ich lesen!

Band 16
978-3-7432-0832-2

Band 17
978-3-7432-1153-7

Band 18
978-3-7432-1343-2

Band 19
978-3-7432-1385-2

Band 20
978-3-7432-1615-0

Die Freundinnen Lili und Jessi lieben Tiere über alles.
Als sie den magischen Wald der Freundschaft entdecken,
geht ein Traum in Erfüllung:
Denn dort können alle Tiere sprechen!

Loewe
Das will ich lesen!

Zuhause der
Erdmännchen
Wald-Wunder-Schule
Baumhaus
Pausenhof
Funkel-Tintenbrunnen
Honigbaum
Sonnenscheinwiese